AF356901

DISCOVRS

SVR LES IVMELLES

IOINCTES, QVI SONT NÉES
à Paris, le dixhuictiesme Ianuier
1605 en la ruë de la Bucherie, pres
la place Maubert,

Auec les causes & les Presages de tels enfan-
mens prodigieux.

A PARIS,
Chez PIERRE VITRAY, & HEVREVX
BLANVILAIN, ruë Perduë,
pres la place Maubert.

M. DC. V.

Auec Permission.

DISCOVRS SVR LES IV-
melles ioinctes, qui sont nées à Paris, le
dixhuictiesme Iãuier, mil six cens cinq,
en la ruë de la Bucherie, pres la Place
Maubert.

'EST vne erreur ancien-
ne, & qui depend de
l'ignorance, de croire
tout aussi-tost que l'on
void la vraye loy de la
nature, enfrainte par
elle-mesme, que c'est vn prestige in-
faillible, qui nous menace sans reme-
de de quelque mal-encontre prochain. Effect de la superstitiõ, & dont
le Diable a tellement deceu les anciens Payens qui viuoient sous sa ty-

rannie, que venant à naiſtre quelque
choſe ainſi contraire à l'ordre commun, ils le iettoient dedans la mer, ou
dans les fleuues, comme choſe abominable, n'ayans pour autre raiſon,
que la maladie de leur ceruelle preoc-
cuppee de ceſte erreur ſuperſtitieuſe.
Et ſi dauanture ils en rencontroient
en leur chemin, tout auſſi-toſt ils
s'aſſeuroiĕt de leur deſaſtre prochain.
L'Empereur Adrian ayant rencontré
vn Maure s'aſſeura de ſa mort, & les
ſoldats de Brutus, preſts à ſe ioindre à
ceux d'Octaue Ceſar iugerent pour
meſme cauſe la perte de leur bataille,
comme il aduint. Mais nous qui ſom-
mes Chreſtiens, mieux inſtruicts, tant
aux ſecrets de la nature, que de la diuine Theologie, no⁹ y proceddõs d'vne
autre ſorte, ſelon que nous en reco-
gnoiſſons la cauſe, ou naturelle, ou venant d'vn certain iugement de Dieu:

certains au reſte , que les Monſtres
n'ont pas le pouuoir de changer l'ordre des choſes qui nous doiuent arri-
uer, ainçois que pluſtoſt la prouidéce
diuine a ſoin de noſtre conſeruation
& de ſa gloire.   Mais pour mieux en-
tendre cecy , il faut ſçauoir qu'il
y a deux ſortes de Monſtres, l'vne
que l'on appelle en l'eſpece , &
l'autre que l'on appelle en l'indiuidu.
Celle qui eſt appellee en l'eſpece, c'eſt
quand la femme ou la beſte enfante
vne choſe contraire à ſa nature, comme les Poëtes font mention d'vne
Paſiphaé qui enfanta le Minotaure, &
comme ceſte iument de Verone qui
enfanta vn poulain ayant le viſage
d'homme , dont Ambroiſe Paré fait
mention en ſon liure *de Monſtris*.
Ceux là comme ils demonſtrent le
vice abominable de leurs peres, nous
l'expions auec toutes les rigueurs qu'il

nous est possible, par le fer , & par le feu, & par les morts les plus estranges. L'autre qui est appelee en l'indiuidu c'est quand l'animal enfante selon son espece toutesfois manque & defe-ctueux, ou par abondance, ou par defaut. De ceste sorte sont ceux là qui naissent aueugles, auec plus de doigts que l'ordinaire , deux corps ioincts ensemble, auec plus ou moins de membres. De ceste sorte sont les iumelles qui sont nées ces iours icy en ceste grand ville de Paris, dont en voicy l'histoire.

Au temps du grand Henry deux fois Monarque de la France, vne fois par succession, & vne autre par conqueste, Henry le vray destructeur des monstres & la ruïne de tous nos malheurs prodigieux, l'année de son regne seiziesme & de nostre salut mil six cens cinq au mois de Ianuier, iuste-

ment la nuict d'entre le dix-sept & le
dix-huictiesme est né ce monstre du-
quel nous discourons. Son pere est
vn certain bastelier appellé Iacques
Charpétier, & sa mere la femme de ce
Charpentier nómée Denise Coudin.

Qu'il ne puisse estre dit Monstre,
cela se void, par la definition genera-
le, qui en est donnee, rapportee par
Ambroise Paré, en son liure *de Mon-*
stris où il met. Nous nommons monstre, tout ce qui se faict contre la commune loy, & le commun ordre de nature: & poursuiuant il en donne l'e-
xemple: Ainsi disons-nous vn enfant
monstrueux qui vient à naistre auec
vn seul bras, ou qui a deux testes. l'ay
fait mettre icy dessus la figure, toutesfois i'en dóneray la description, mes-
mement des parties internes qui ne se
peuuent pas voir au dehors. Il auoit
deux corps parfaits, bien distinguez

en tous leurs membres efloignez,
deux teftes, & en icelles quatre oreil-
les, quatre yeux, deux nez; deux faces,
ne fe tenans point enfemble : quatre
bras, dont ils en auoient deux qui paf-
foient par derriere en s'entr'embraf-
fans, quatre cuiffes quatres iambes, &
toutesfois tous ces membres for-
tent d'vn mefme corps , & en ti-
rent leur nourriture & leur vie,
& n'ont qu'vn feul nombril; eftans
ces deux pauures filles fi bien ioinctes & comme antées l'vne dans l'autre par les coftez, que l'on euft dict
qu'on leur auoit couppé à chacune la
moitié du corps, & puis reüni les autres deux moitiez. On voyoit neant-
moins tout le long de l'eftomach v-
ne grand raye, comme s'ils fe feuffent
voulu feparer en deux, & vne autre
derriere les reins , mefmes qu'il s'y
voyoit cóme deux efpines du dos,
aucunement

ney pouuoit-on entrer & fortir, la mere eſtát reſtee fort malade pour la dou-
leur de l'enfantement : & encore ie
m'eſtonne qu'elle n'en eſt morte veu
la groſſeur & la grandeur de nos Iumelles, ayant icelles, double groſſeur,
& comme ſi elles eſtoient deux , fort
grandes & bien fournies , conſideré
meſmes l'entrelaſſement de tant de
membres. Elles naſquirent viuantes
& pource on les ondoya ſoudaine-
ment, leur baillant la marque du Chri-
ſtianiſme, en quoy ie ne blaſme point
la pieté de leurs parens, Dieu n'ayant
point dedaigné de leur donner vne a-
me immortelle , de la ſubſtance de
celles pour leſquelles il a voulu mou-
rir en croix. Monſieur le Lieutenant
Ciuil trouua bon qu'elles fuſſent ou-
uertes, & le permit. Lors elles furent
portees à l'Eſchole de Medecine, où

en la presence des plus dignes de la
Faculté, de plusieurs Barbiers , & autres ieunes estudians en Medecine,
furent recerchees, les autres merueil-
les que la nature cachoit en la con-
struction des parties interieures.
Entre les autres Medecins y auoit
ceux-cy fort excellés, & biē cogneus,
Mōsieur du Laurēs , Mōsieur Males-
cot, Mōsieur Perdulcis , & Messieurs
Riolant pere & fils, Monsieur Pietre y
vint aussi sur la fin , & firent ceste ou-
uerture le lendemain de la naissance, à
sçauoir le dixneufiesme de Ianuier.
Le corps estāt ouuert y fut trouué vn
seul foye, vn seul cœur & vn seul dia-
phragme qui diuise les parties naturelles d'auec les vitalés , tout le reste e-
stant double, & iustement pour deux
corps. Sçauoir aux parties naturelles
deux ventricules , les intestins entiers

d'vn cofté & d'autre, deux rates, quatre rongnons, deux veffies, & deux
matrices. Et encore le foye eftoit-il
fort gros & double y ayant quatre lo-
bes eftát fitué tout au milieu du corps
comme pour feruir à tous deux , ce
qui eft fort remarquable, pour iuger fi
la nature auoit voulu faire deux corps,
d'autant que pour deux , cefte fitua-
tion eftoit impropre. Le cœur eftoit
fort large , & dedans la poictrine les
deux poumons eftoient, l'vn du cofté gauche l'autre du droict. Du foye
encores fortoit deux veines caues.

Or pour les caufes de tels mon-
ftres & enfantemens contre nature,
l'on en remarque trois fpecialement
ou la faculté, ou la matiere, ou le lieu;
la faculté quand pour fon infirmité &
debilité, les parties ne fe peuuent pas
bien former , ou que la chaleur foit

trop foible, ou que l'imagination de la mere soit trop vehemente ; la matiere quand la seméce n'est pas reglee. Car si elle est trop abondante elle fait force à la nature si elle est manque, la nature ne peut pas accomplir la forme. Le lieu, quand il est trop, ou non assez capable, car s'il est trop, la nature pour remplir veut former plusieurs corps, & ne peut; & s'il n'est pas assez elle se restraint à ce que peut telle capacité. Ie tire ceste raison de Pline au chap. 12. liure 7. & de Galen chap. 3. liure 2. *de fac*. Ambroise Paré les dóne tout autrement. Il dit que premierement ils arriuent pour la gloire de Dieu, c'est à sçauoir que leur rendât par sa puissance, ce qui leur manque par la nature, sa grandeur & son pouuoir soit cogneu & verifié deuant les hommes qui l'ignorent : La preu-

ue s'en void en l'aueugle né par lequel
les Diſciples ayant demandé à Ieſus-
Chriſt ſi c'eſtoit le peché de luy ou
de ſes parens qu'il eſtoit ainſi né aueugle, noſtre Sauueur leur reſpõdit que
ce n'eſtoit ni pour le peché de luy, ny
de ſes parens, mais pour la gloire de
Dieu. Secondement à fin que Dieu
venge le crime des hommes meſchás
ou qu'il demonſtre les ſignes d'vne
vengeance future. Car à l'occaſion
que les hommes & femmes ſe meſ-
lent enſemble, ſans loy, ſans diſtin-
ction de temps, ou par vn damnable
cõcubinat, il arriue que de telles con-
iõnctiõs deſreiglees, il s'en enſuit des
enfantemens deſreiglez. La menace
nous en eſt toute euidente en la pro-
phetie d'Eſdras, où il dit que les femmes qui ſe meſleront auec les hommes au temps de leurs mois, enfante-

ront des monstres. Et à la verité d'où
voudrions-nous tirer la naissance de
cet enfant né en Stecquer, village de
Saxonie, lequel auoit les mains & les
pieds, comme les quatre pieds d'vn
bœuf, les yeux, la bouche & les nari-
nes comme d'vn veau, les cuisses des-
chiquetees comme les gregues d'vn
Suisse, & la chair luy pendant du col
en bas, & faicte en capuchõ? Quelles
imaginations s'iront imprimer vne si
diuerse forme? D'où prendrons nous
la naissance de cest autre qui nasquit
l'ã 1517. en la parroisse de Bois le Roy
en la forest de Biere, ayant le visage
d'vne grenouille? Il faut bien croire
que c'est vn chastiment & vne puni-
tion de Dieu pour le crime des pere
& mere. Volaterran & Cardan escri-
uent que l'an 1493. nasquit vn mõstre
demy homme & demy chiẽ par l'ac-

couplement d'vne femme & d'vn chien.

L'an 1564. à Bruxelle nafquit d'vne truye vn monftre ayant la tefte de pourceau & la face d'hôme ; les pieds de deuant & les omoplates. Et d'vne chieure nafquit vn monftre ayant les pieds de chieure & la face d'homme, ayant efté miferablement emplie d'vn berger nommé Chrathin.

Voila quant aux caufes du vice des pere & mere dont eft amplement difputé par S. Gregoire en fes dialogues, amenant l'exemple d'vne nourrice qui par fon incontinéce fe fit engroffer à fon enfant aagé feulement de neuf ans. S. Ierofme auffi le tefmoigne auffi, & l'attefte auec ferment d'vne autre tout de mefme: & le Prophete Ofee le crie tout haut, difant : ils ont efté faicts abominables felon leurs

leurs amours. Le mesme Auteur rap-
porte encores d'autres causes iusques
à vnze, toutesfois ie ne veux parler
que de l'imagination comme celle
qui, hors les damnables conjonctions
des peres, est la plus commune &
ordinaire. Damascene affirme que
de son temps fut presentee à l'Empereur Charles IIII. vne fille toute ve-
luë, sa mere l'ayāt ainsi produite pour
auoir vn S. Iean Baptiste depeint à son
lict. Hippocrate sauua de mort vne
Princesse blanche qui auoit enfanté à
vn Roy blanc vne fille Egyptien-
ne. C'est vne merueille que l'imagination aye vne telle force que de
changer les reigles de la nature, &
toutesfois cela nous est assez prouué
par l'histoire de Iacob & de Laban.
Or quant aux presages de tels enfantemens, i'ay dit au commencement

que les anciens & Grecs & Romains
les ont fort obseruez & tenus en grãd
scrupule & superstition. Mais quant
à moy ie leur attribuë celà à l'aueugle-
ment de leur idolatrie & que viuans
sous la tyrannie du Diable, ce demon
leur faisoit accroire ce qu'il vouloit
pour les tenir en sa crainte & en leur
erreur. L'on sçait bien que ce n'est pas
l'ordinaire d'auoir au ciel trois So-
leils, & toutefois quand il arriue que
nous y en voyons autant, nous en at-
tribuons la cause à la reuerberation
de ses rayons, non pas à vn presage
infallible de quelque desastre prochain. Asseurez que nous sommes
qu'en quelque temps que nous com-
mettons des offenses, Dieu prend
tout aussi tost les verges en la main,&
venans à nous repentir & nous aman-
der, il les casse, & les maux qui des-

ja nous touchoient, il les retire &
nous en sauue. Combien d'effrois &
d'espouuantes ont faict autres fois les
Cometes crineux, les lances & che-
urons de feu, les hommes armez &
combatans qu'on a veu en l'air à ceux
qui n'en ont pas cogneu la cause?
Les Toupinamboux, Perusiens & autres barbares de ce téps, oyans le bruit
de nos canons, & en ignorans la
cause nous estimoient Dieux souue-
rains qui pouuions lancer les foudres
où nous vouliós. Et du temps de Sci-
pion l'armee des Romains estant pre-
ste à combatre se troubla toute, & se
mit en effroy pour auoir veu aduenir
durát la nuit l'Eclipse de la Lune dót
ils ignoroient la cause, & desia se sen-
toient defaits & vaincus dedans leur
ame, si leur sage capitaine ne leur eust
faict vn docte discours de telles cau-

fes, & monftré que cela fe faifoit na-
turellement, combien qu'il femblaft
aucunement contre nature. Par ainfi,
la naiffance monftrueufe de nos iumelles , ne nous rendra que plus ad-
uertis de recourir à Dieu par l'amen-
dement de nos vies, & par nos prieres
continuelles, nous foufmettans à fa diuine prouidence en toutes nos affai-
res , & le fuppliant de faire tomber
tous les traits de fa cholere, fur les en-
nemis de fon fainct nom.

F I N.

QVATRAIN.

Puis que nature produit
Des monstres contre nature;
Nous verrons bien tost le bruit
D'vne monstreuse auanture.